GRATITUDE

Oliver Sacks

サックス先生、最後の言葉

オリヴァー・サックス
大田直子 訳

Hayakawa
Publishing Corporation

早 川 書 房

サックス先生、最後の言葉

GRATITUDE
by
Oliver Sacks

Translated by
Naoko Ohta
First published 2016 in Japan by
Hayakawa Publishing, Inc.
This book is published in Japan by
direct arrangement with
The Wylie Agency (UK) Ltd.

装幀／早川書房デザイン室

私はいま死ぬことと向き合っているが
まだ生きることを終えてはいない。

◎目次

◎初出一覧

「はじめに」：書き下ろし。

「水銀」“Mercury”: *New York Times*, July 6, 2013（初出時タイトル “The Joy of Old Age”）.

「わが人生」“My Own Life”: *New York Times*, February 19, 2015.

「私の周期表《テーブル》」“My Periodic Table”: *New York Times*, July 24, 2015.

「安息日」“Sabbath”: *New York Times*, August 14, 2015.

はじめに

人生最後の二年間に書いたこの四篇のエッセイで、オリヴァー・サックスは老い、病、そして死を、驚くほど潔く、そして明快に受け入れている。最初のエッセイ「水銀」は、二〇一三年七月、八〇歳の誕生日の数日前に一気に書き上げられたもので、年を重ねることを、それにともなう心身の衰えをきちんと認めながらも、喜びとしてたたえている。

一年半後、回想録『道程―オリヴァー・サックス自伝―』の最終草案を仕上げた直後、二〇〇五年に初めて診断された珍しいタイプの目のメラノーマが、肝臓に転移していることがわかった。この種の癌には治療の選択肢がほとんどなく、担当医から余命半年ほどだろうと告げられた。サックス先生は数日のうちに、充実した人生への深い感謝の念を表したエッセイ「わが人生」を書き上げている。しかし、それをすぐに公表することをためらった。時期尚早《じきしょうそう》では？　自分が末期癌であることを公表する必要があるのか？　一カ月後、活動的な生活をもう数カ月送るための手術を、これからまさに受けようというとき、そのエッセイを《ニューヨーク・タイムズ》に送ってほしいと言い、エッセイは翌日掲載された。「わが人生」に対して大きな、共感を寄せる反響を得られたのは、彼にとって非常にうれしいことだった。

二〇一五年五月、六月、そして七月初めまで、比較的元気で、書きものをしたり、泳いだり、ピアノを弾いたり、旅をしたりして過ごした。この期間にもいくつかエッセイを書き、そのなかの「私の周期表《テーブル》」では、元素周期表に対する生涯の愛情や、自分自身の死すべき運命について、思いを巡らしている。

八月までにサックス先生の健康は急速に衰えたが、彼は最後のエネルギーを書くことに注ぎ込んだ。本書の最後の作品「安息日」はとくに大事にしていて、一語一句を繰り返し熟考し、磨き上げている。このエッセイが公表された二週間後の二〇一五年八月三〇日、彼は永眠した。

ケイト・エドガー、ビル・ヘイズ

水銀

　昨夜、水銀の夢を見た――きらきらした巨大な球が浮かんだり沈んだりしている。水銀は原子番号八〇、その夢は火曜日に自分が八〇歳になることの象徴だった。

　子どものころ原子番号について習ったとき以来、私にとって元素と誕生日は結びついている。一一歳のとき、「ぼくはナトリウム」（原子番号一一）と言えたし、七九歳のいまは金である。二、三年前、友人の八〇歳の誕生日に水銀を一瓶、漏れることも割れることもない特殊な瓶でプレゼントしたら、彼は変な目で私を見たが、あとで「健康のために毎朝ちょっとずつ飲んでいる」と冗談をまじえた、ほほえましい手紙をくれた。

八〇歳！　信じられない。人生これからだと思うのに、じつは終わりかけているのだと実感することが多々ある。私の母は一八人きょうだいの一六番めで、私は四人きょうだいの末っ子なので、大勢いる母方のいとこたちのなかでいちばん年下に近い。高校でもいつもクラスで最年少だった。いまでは知人の誰よりも年上と言っていいのに、自分はいちばん年下というその感覚が、いまだに残っている。

以前、自分は四一歳で死ぬのだ、と思ったことがある。独りで登山中に転落事故に遭《あ》い、脚を骨折したときのことだ。折れた脚をできるだけ固定し、両腕を支えにしてのそのそと山を下りはじめた。そのあと何時間ものあいだに、思い出がいいものも悪いものも次々とよみがえったが、そのほとんどが感謝の念とともに現れた。人から与えられたものへの感謝と、それにお返しができたことへの感謝。二作めの本『レナードの朝』がその前年に出版されていた。

八〇歳を目前にして、体のあちこちに問題はあるものの、生活に支障をきたすほどではなく、自分が生きていることをうれしく思う。最高の天気のときには、「死んでいなくてよかった！」という思いがドッとあふれ出す（友人から聞いた話とは対照的だ。友人は申し分ない春の朝にサミュエル・ベケットとパリを散歩していて、「こんな日は生きていてよかったと思わないか？」と言うと、ベケットは「そこまでは言わない」と答えたという）。すばらしいことも恐ろしいことも、とにかくたくさん経験してきたことをありがたく思うし、たくさんの本を書けたこと、友人や同僚や読者から数えきれないほどの手紙をもらえたこと、そしてナサニエル・ホーソーンが「世人《せじん》との交わり」と呼んだものを楽しめたことを、心から感謝している。

多くの時間を無駄にしたこと（そしていまも無駄にしていること）は残

念だ。八〇歳になっても二〇歳のときと同じくらい、ひどく内気であることは残念だ。母語しか話せないことや、もっと広くほかの文化圏を旅したり経験したりしなかったことも残念だ。

私は人生をまっとうしようと努力すべきだと思う。「人生をまっとうする」がどんな意味であるにせよ。私の患者で九〇歳代、一〇〇歳代の人たちのなかには「ヌンク・ディミティス」、つまり「私は十分に生きたので、もういつでも逝《い》ける」と言う人もいる。これは人によっては、天国に行くという意味になる。行く覚悟ができるのは地獄ではなく決まって天国であり、サミュエル・ジョンソンとジェイムズ・ボズウェルは二人とも、地獄に行くという考えにおののき、そういうことを信じないデイヴィッド・ヒュームにひどく腹を立てた。私は死後の存在については何も信じていない(あるいは望んでもいない)。自分が死んだあと、友人たちの記憶のなかで生き続け、私の書いた本が人々に「語りかける」ことを望むだけである。

W・H・オーデンはよく、自分は八〇歳まで生きたあと「消え失せる」と思うと話していた（彼は六七歳までしか生きなかった）。彼の死から四〇年が過ぎたが、私はよく彼の夢を見るし、私の両親や元患者たちの夢も見る。みんなとっくに亡くなっているが、私にとって最愛の大切な人たちだ。

八〇歳になると、認知症や脳卒中の不安が迫ってくる。同年輩の三分の一は他界しているし、心や体に深刻なダメージを受けて、ただ生きているだけの悲惨な状況にある人も大勢いる。八〇歳になると、衰えのしるしがはっきり目に見える。反応が少し遅くなり、人や物の名前を思い出せないことが増え、体力を大事に使わなくてはならないが、それでも、元気と生気に満ちあふれて、ちっとも「年」を感じないことも多い。私は運がよければ、健康の程度はともあれ、あと数年なんとか生き抜いて、愛し続け、働き続ける自由を与えられるかもしれない。愛と仕事はフロイトが人生でいちばん大切だと断言したことである。

私の番が来たら、フランシス・クリックと同じように、仕事中に死ねたらと思う。彼は結腸癌が再発したと告げられたとき、最初、何も言わなかった。しばらくただ遠くを見つめるだけで、それから以前の思考回路を再開させた。数週間後に診断結果についてうるさく訊かれると、「始まりがあるものには必ず終わりがあるはずだ」と言っている。八八歳で亡くなったときも、最高に有意義な仕事に没頭していた。

九四歳まで生きた私の父は、八〇代は人生のなかでもとくに楽しい一〇年だったとよく言っていた。精神生活や物の見方が縮むどころか、広がるのを感じたそうで、私もいまそう感じはじめている。人は自分自身の人生だけでなく、他人の人生も長いあいだ経験している。勝利と惨事、好況と不況、革命と戦争、偉大な功績と不可解なあいまいさを目《ま》の当たりにする。壮大な理論が生まれても、結局は頑固な事実に覆《くつがえ》されるのを目の当たりにする。そしてはかなさと、おそらく美しさを強く意識するようになる。

八〇歳になると、若いときにはなかなか到達できない達観の境地に達したり、歴史をまざまざと感じたりすることができる。いまでは一世紀という年月がどんなものかを想像できるし、肌で感じることができるが、そんなことは四〇歳や六〇歳ではできなかった。老年期は人がどうにかして耐え、乗りきらなくてはならないみじめな時間ではなく、余暇と自由の時間、若いころのわざとらしい気ぜわしさから解放され、自由に好きなことを探究し、生涯をとおして考えてきたことと感じてきたことを結び合わせることができる時間だと思う。

八〇歳になるのが楽しみだ。

わが人生

一カ月前、自分は健康で丈夫だとさえ思っていた。八一歳でもまだ一日一キロ半は泳ぐ。しかし私の運も尽きた。二週間ほど前、肝臓に複数の転移癌があるとわかったのだ。九年前に眼内メラノーマという珍しい目の腫瘍が見つかり、腫瘍を取り除くための放射線とレーザーによって、最終的にその目は見えなくなった。しかし、眼内メラノーマが転移する確率はおそらく五〇パーセントだが、私の症状の詳細を考えると、転移の可能性はそれよりはるかに小さかった。私はついていない人たちの仲間なのだ。

最初の診断から九年も健康でいられて、多くを生み出せたことに感謝しているが、いまは死と向き合っている。癌が私の肝臓の三分の一を占領していて、進行はゆっくりかもしれないが、この種の癌を止めることはできない。

残された数カ月をどう生きるかは私次第だ。できるかぎり豊かで、深い、充実した生き方をしなくてはならない。このことについては、私の好きな哲学者、デイヴィッド・ヒュームの言葉に励まされている。彼は六五歳のとき、自分が不治の病であることを知り、短い自伝を一七七六年四月のたった一日で書き上げた。そして「わが人生」と題している。

「私はいま急速に崩壊しているはずだ。病による痛みはほとんどなく、さらに不思議なことに、体力は大きく衰えているにもかかわらず、意気消沈することは一瞬たりともない。……研究に対する熱意も、人前での快活さも、これまでとまったく変わらない」

私は幸運にも八〇歳を過ぎるまで生き、ヒュームの六五年より多く与えられた一五年も、同じように仕事と愛に恵まれてきた。その期間に五冊の本を上梓し、(ヒュームの数ページよりかなり長い)自伝を仕上げた。完成間近の本もほかに数冊ある。

ヒュームはこう続けている。「私は……温和な気質で、怒りを抑えられ、率直で社交的で陽気な性分だし、愛着を感じることはできるが、あまり恨みを抱くことはできず、どんな感情も中庸である」

ここは私とヒュームはちがう。私は愛情あふれる人間関係と友情を築いてきたし、真の恨みはないが、自分が温和な気質だとは言えない(私を知っている人は誰もそう言わないだろう)。それどころか気性が激しく、強烈な熱意があり、どんな感情も極端に節度がない。

それでも、ヒュームのエッセイの一行が私にはとりわけ真実として響く。「いま、これ以上ないほど人生を客観視している」

この二、三日、自分の人生を一種の風景として俯瞰《ふかん》し、あらゆる要素がつながっているという思いを強くしながら、見ることができている。だからといって、人生を終えたということではない。それどころか、自分は生きていると強く実感していて、残された時間で友情を深め、愛する人たちに別れを言い、もっと書いて、体力が許すなら旅をして、新たなレベルの理解と洞察に到達したいと願っている。

これには大胆さ、明晰さ、そして率直な物言いが必要であり、世界に対する自分の評価を正そうと試みることになる。しかし、少しは楽しむための時間も（そしてばかなことをやる時間も）あるだろう。

にわかに物事がはっきり見えるようになった気がする。不必要なことに割《さ》く時間はない。自分自身に、仕事に、そして友人に、集中しなくてはならない。もう毎晩《ニュースアワー》を見ることはない。もう政治問題や地球温暖化についての議論に注目することはない。

これは無関心ではなく、超脱なのだ。いまも中東問題や地球温暖化や格差拡大がおおいに気になるが、それはもはや私のかかわるべき事柄ではない。それは未来のことである。有能な若者に会うと、たとえそれが生検して私に転移癌があると診断した医師であっても、うれしい気持になる。未来のことは心配しなくていいと思える。

この一〇年ほど、だんだんに同年輩の人たちの死を意識するようになっている。私たちの世代は去ろうとしていて、誰かが亡くなるたびに、まるで剝離《はくり》のように、自分自身の一部を引き裂かれるように感じる。私たちがこの世を去れば、私たちのような人間は誰もいなくなるのだが、そもそもほかの人と同じような人間などいないのだ。人が死んだとき、誰もその人に取って代わることはできない。埋められない穴が残る。なぜなら、ほかの誰でもないひとりの人であること、自分自身の道を見つけること、自分自身の人生を生きること、自分自身の死を迎えることは、あらゆる人間の運命――遺伝学的・神経学的運命――だからである。

怖くないふりをすることはできない。しかし、いちばん強く感じるのは感謝だ。私は愛し、愛され、たくさんもらい、少しお返しをした。読み、旅し、考え、書いた。世人《せじん》と交わり、とくに作家や読者と交わった。何より、私はこの美しい惑星に住む、ものごとを感じ取ることのできる生きものであり、考える動物である。そのこと自体が、とほうもない特権であり冒険なのだ。

私の周期表《テーブル》

A.R.LURIA

毎週《ネイチャー》や《サイエンス》のような雑誌が届くのを、うずうずするほど心待ちにしていて、来るとすぐに物理科学についての記事をめくる——私のようななりわいの者なら真っ先に開くであろう、生物学や医学の記事ではない。少年時代に初めて魅せられたのは物理科学だった。

最近の《ネイチャー》に、ノーベル賞物理学者のフランク・ウィルチェックによる、中性子と陽子のわずかに異なる質量を計算する新しい方法についての心躍る記事が載っていた。その新たな計算法は、中性子が陽子よりごくわずかに重いことを裏づける。質量比は939・56563対93

8・27231。取るに足らない差に思えるかもしれないが、もしこの差がなければ、私たちの知っている宇宙は生まれなかっただろう。ウィルチェックいわく、これを計算できるようになったいま、「将来、すでに原子物理学が達成しているレベルの精度と多様性に原子核物理学が到達すると、自信をもって断言することができる」。悲しいかな、その革命を私がこの目で見ることはない。

フランシス・クリックは、どうして脳が意識を生むかという「難問」は、二〇三〇年までに解決されると確信していた。「きみはそれを見られるよ」と、私の友人で神経科学者のラルフ・シーゲルによく言い、「それにオリヴァー、きみも私の年まで生きれば見られるだろうね」とも言った。クリックは八〇代後半まで生き、最後まで意識について研究し、考察していた。ラルフは五二歳の若さで亡くなり、いま私は八二歳で末期患者である。私は意識という「難問」をあまり気にしていないと言わざるをえない。

それどころか、そもそも問題としてとらえていない。しかし、ウィルチェックが思い描く新しい原子核物理学も、物理科学や生物科学におけるさまざまな進展も、この目で見られないのは悲しい。

数週間前、都会の明かりから遠く離れた田舎で、空一面に(ミルトンの言う)「星がまき散らされた」ところを見た。そんな空は、(世界屈指《くっし》の望遠鏡が設置されている)チリのアタカマ砂漠のような乾燥した高地でしか見られないと思っていた。この天体の輝きを見ていて突然、私は自分に残された時間がどれだけ少ないか、残された人生がどれだけ短いかを悟った。天の美しさを、その永遠性を感じる気持は、はかなさを、そして死を意識する心と、不可分の関係にあったのだ。

私は友人のケイトとアレンに、「死ぬ間際にまたこんな空を見たいものだ」と言った。

「車いすで外に連れ出してあげますよ」と彼らは言った。

二月に癌の転移について書いたあと、いただいたたくさんの手紙や、愛情と理解を示す言葉に癒され、そして自分は（いろいろあったが）有益ないい人生を送ったのかもしれないという感覚に慰められてきた。いまもそのすべてがとてもうれしく、ありがたいと思っているが、それでも、あの星降る夜空ほど私の心を打つものはない。

私は幼いころから、自分にとって大切な人を失う喪失感に対処するのに、人間でないものに注意を向ける傾向がある。六歳のとき、第二次世界大戦が始まって、寄宿学校に疎開させられたときには、数字が友だちになった。一〇歳でロンドンにもどったときには、元素と周期表が仲間になった。生涯をとおして、ストレスを感じるときは物理科学の世界に向かう、というか、帰ることになった。そこは、生命はないが死もない世界である。

そしていま、死がもはや抽象的な概念ではなく、あまりに近すぎて否定しようのない存在になっているこの重大な局面にあって、私は再び、子どものころにやったように、自分の周囲を金属と鉱物、すなわち小さな永遠の象徴で固めている。書きもの用テーブルの片端には、すてきな箱に入った原子番号八一を置いている。イギリスにいる元素友だちから贈られたもので、「ハッピー・タリウム・バースデー」と書いてあり、去年の七月に迎えた八一歳の誕生日の記念品だ。それから、今月初めに八二歳の誕生日を祝ったばかりなので、原子番号八二の鉛に割り当てた場所がある。小さな鉛の宝石箱もあって、原子番号九〇のトリウムが入っている。ダイヤモンドのように美しく、もちろん放射性である――だから鉛の宝石箱なのだ。

年の初め、自分が癌だと知ってから数週間、肝臓の半分が転移癌に占拠されているにもかかわらず、かなり気分がよかった。二月、肝癌治療のために、肝動脈に小さなビーズを挿入する塞栓術《そくせんじゅつ》という処置を行なったとき、二週間はひどい気分だったが、そのあと最高によくなって、心身ともにエネルギーが充電された（塞栓術によって転移癌がほぼすべて、一時的に消し去られたのだ）。与えられたのは寛解《かんかい》ではなく中休みであり、友情を深め、患者と会い、書きものをして、イギリスに帰郷するための時間だった。このとき、人は私が末期癌であることを信じられなかったと思うし、私自身も簡単に忘れることができた。

健康で元気というこの感覚は、五月から六月ごろには弱まりはじめたが、八二歳の誕生日を盛大に祝うことはできた（オーデンはよく、人はどんな気分であっても必ず自分の誕生日を祝うべきだと言っていた）。しかしいまは、少し吐き気がして食欲が低下し、日中は寒気がするのに夜には汗をかき、そして何より疲労感がひどくて、無理をすると突然へばってしまう。毎日泳ぎ続けているが、少し息切れがするようになっているので、スピードは遅くなった。以前は否定できたが、いまでは自分が病気であることがわかる。七月七日のＣＴスキャンで、転移癌は肝臓で再発しただけでなく、ほかにも広がっていることが確認された。

先週、新しい種類の治療――免疫療法――を始めた。リスクがないわけではないが、もう数カ月、元気で過ごせるようになることを願っている。しかしそれを始める前に、ちょっと楽しい時間を過ごしたかった。ノースカロライナを旅して、デューク大学のすばらしいキツネザル研究センターを見学するのだ。キツネザルは、すべての霊長類のもととなる先祖の原型に近く、私自身の祖先が五〇〇〇万年前、現在のキツネザルとたいしてちがわない樹上生の動物だったと考えると楽しい。枝から枝へ飛び移る活力と好奇心旺盛な性質を、私はとても気に入っている。

書きもの用テーブルの上には、鉛の円陣の隣にビスマスの世界がある。オーストラリアからの天然のビスマス。ボリビアの鉱山で採取された、小さなリムジンのような形をしたビスマスの塊《かたまり》。融液からゆっくり冷却され、ホピ族の村のような階段状の美しい虹色の結晶になったビスマス。ユークリッドと幾何学の美しさに賛意を表するための、ビスマスでできた円柱と球。

ビスマスは原子番号八三だ。私が八三歳の誕生日を迎えることはないと思うが、近くに「八三」を置いておくと、希望が持てるし、励まされる気がする。しかも私はビスマスに弱い。地味な灰色の金属で、金属愛好家にさえも注目されず、無視されることが多い。不当にあつかわれたり、社会の隅に追いやられたりしている人たちに対する医師としての気持が、無生物の世界にもおよんでいて、ビスマスに対して似たような思いを抱いている。

ポロニウム(八四番め)の誕生日を迎えることがないのはほぼ確実であり、人を殺しかねない強力な放射能をもつポロニウムを、近くに置きたくもない。しかし、私のテーブル──私の周期表《テーブル》──の反対端には、美しく切削《せっさく》されたベリリウム(原子番号四)が置いてある。少年時代のことを、そしてもうすぐ終わる自分の人生がどれだけ昔に始まったかを、思い出すためである。

安息日

　私の母は一七人の兄弟姉妹とともに、正統派ユダヤ教徒として育てられた。写真に写っている祖父はいつもヤムルカをかぶっていて、私が聞かされた話では、夜中にその小さな帽子が脱げると目を覚ましたそうだ。私の父も正統派ユダヤ教徒の家の出である。両親ともに第四の戒律（「安息日を覚えて、これを聖とせよ」）をとても意識していて、安息日《シャバット》（われわれリトアニア系ユダヤ人流に発音すれば「シャボス」）は一週間のほかの日とはまったくちがっていた。働くことも、車を運転することも、電話をかけることも許されない。照明やコンロをつけることも禁じられている。それでも医師だった両親は例外を認めていた。受話器をはずしておくわけにもいかないし、車の運転をまったくしないわけにもいかない。必要とあれば、患者を診察したり、手術をしたり、赤ん坊を取り上げたりするために、対応できるようにしておかなくてはならなかった。

　私たちはロンドン北西部のクリックルウッドにある、かなり正統派のユダヤ人コミュニティに住んでいた。そこでは肉屋も、パン屋も、雑貨店も、青果店も、魚屋も、みんな安息日のために早目に店を閉め、日曜の朝までシャッターを開けない。店だけでなく近所の人たちもみんな、私たちと同じやり方で安息日を祝っていたのではないだろうか。

　金曜の正午近く、母は外科医の身分も身なりも脱ぎ捨て、安息日のためにゲフィルテ・フィッシュ（魚肉すり身のだんご）などのごちそうをこしらえることに専念する。日が暮れる直前、儀式用のロウソクに火をともし、その炎を両手で囲って、祈りをささげる。私たちはみな洗い立ての清潔な安息日の衣服を身に着け、安息日最初の食事である夕食のために集まる。父が銀のワインカップを持ち上げ、食前の祈りとキドゥーシュ（安息日の特別な祈り）を唱え、食後には、私たち全員に感謝の祈りをささげさせる。

土曜の朝、三人の兄と私は両親の後ろについて、ウォルム・レーンにあるクリックルウッド・シナゴーグに向かう。一九三〇年代に、当時イーストエンドからクリックルウッドに集団移住したユダヤ人の一部を受け入れるために建てられた、巨大な礼拝堂である。私が子どもだったころ、礼拝堂はいつも人でいっぱいで、みんな座席を割り当てられ、男性は一階、母や大勢のおばやいとこなど女性は二階にすわる。幼かった私は、礼拝中にときどき母たちに向かって手を振った。祈禱書のヘブライ語は理解できなかったが、その響きは好きで、とくに、音楽の才能に恵まれたハザン（先唱者）に導かれて、古い中世の賛美歌が歌われるのを聞くのが大好きだった。

礼拝のあと、私たちはシナゴーグの外で合流し、たいていフロリーおばさんと三人の子どもたちが住む家まで歩いて行き、キドゥーシュを唱えたあと、昼食のための食欲を刺激する程度に、甘い赤ぶどう酒とハチミツケーキをいただく。自宅で冷たい昼食――ゲフィルテ・フィッシュ、ポーチド・サーモン、ビートルートのゼリー――をとったあと、土曜の午後は、医師の両親への緊急呼び出しによる邪魔が入らなければ、親類どうしの交流にあてられる。おじとおばといとこたちが私たちの家に来てお茶を飲んだり、私たちが向こうの家に行ったり。みんな互いに歩いて行ける距離に住んでいたのだ。

第二次世界大戦でクリックルウッドのユダヤ人コミュニティはかなり縮小し、戦後の数年間にイギリス全土のユダヤ人コミュニティが何千という人々を失うことになる。私のいとこを含めて、多くのユダヤ人がイスラエルに移住し、オーストラリアやカナダやアメリカに渡る者もいた。私の長兄のマーカスは一九五〇年にオーストラリアに移った。とどまった人たちの多くは順応し、薄められ弱められたかたちのユダヤ教を受け入れた。私が子どものときには満員だったシナゴーグも、年を追うごとに閑散としていった。

私は一九四六年に、数十人の私の親戚も含めて、わりと人がたくさんいるシナゴーグでバル・ミツバー（一三歳の成人式）を行なったが、私にとって正式なユダヤ教の営みはそれが最後だった。毎日祈ったり、平日の朝に祈りの前にテフィリン（祈りのための道具）を身に着けたりといった、ユダヤ教徒の成人が行なうべき儀式をやろうとせず、次第に両親の信仰や習慣にも無関心になっていった。ただし、特別な決裂の瞬間が訪れたのは、一八歳になってからのことだ。父から性的な感情について尋ねられ、男の子が好きだと認めさせられたときである。

「何もやったことはないよ」と私は言った。「ただそう思うだけ――でもママには言わないで。ママには理解できないことだから」

しかし父は母に話し、翌朝、母がものすごい形相でやって来て、私に向かって叫んだ。「おまえは憎むべきもの。おまえなんか生まれてこなければよかったのに」（母はレビ記の一節について考えていたにちがいない。「女と寝るように男と寝る者は、ふたりとも憎むべきことをしたので、必ず殺されなければならない。その血は彼らに帰するであろう」）

その問題に二度と触れられることはなかったが、母のきつい言葉のせいで、私は宗教の偏狭《へんきょう》さと残酷さを憎むようになった。

一九六〇年に医師免許を取得したあと、私は突然、イギリスにも、そこにあった自分の家やコミュニティにも背を向けて、知っている人が誰もいない新世界へと渡った。ロサンジェルスに移ったときには、マッスルビーチのウェイトリフティング仲間や、UCLAの神経科の同僚レジデントたちと、コミュニティのようなものを築いたが、人生に何かもっと深いつながり――「意義」――を渇望し、そのせいで一九六〇年代には、自殺行為にも近いアンフェタミン中毒へと引き込まれた。

立ち直りはじわじわと始まった。ニューヨークに移り、ブロンクスの慢性疾患の病院（『レナードの朝』の「マウント・カーメル病院」）で、有意義な仕事を見つけたからである。そこの患者たちに魅了され、彼らのことを心から大事に思い、彼らの話を語るのが使命だと感じたのだ。それは、世間一般どころか多くの医師にさえ、ほとんど知られておらず、想像もつかないような話である。私は自分の天職を見つけ、それを根気強く、ひたむきに、同僚からの励ましをほとんど受けることなく、追求し続けた。私が知らず知らず語《かた》り部《べ》になっていたときには、医学において症例の臨床記述は消滅しかけていた。それでも私は思いとどまらなかった。なぜなら、自分のルーツは、一九世紀に書かれた膨大な神経学の症例記録にあると思っていたからだ（この点に関して、ロシア人神経科医のA・R・ルリヤに励まされた）。そんな孤独だが心底満足できる、ほとんど修道士のような生活を、私は長年にわたって送ることになった。

一九九〇年代に、いとこで同年輩のロバート・ジョン・オーマンと知り合った。がっちりしたスポーツ選手のような体格だが、長く白いあごひげのせいで六〇歳でも老齢の賢人のように見える容姿が人目を引く。彼は知力も優れているが、人間的に温かく優しい人でもあり、宗教にも深く献身していて、実際、「献身」は彼の好きな言葉のひとつである。仕事では経済学をはじめとする人の営みが合理的であることを良しとしているが、彼にとって理性と信仰は矛盾しない。

彼は私も家のドアにメズーザ（ユダヤ教徒が家の門柱に取りつける、聖書の句を記した羊皮紙を入れた小さな箱）を取りつけるべきだと言い張り、イスラエルからひとつ持ってきた。「きみが信じないことはわかっているが、とにかくひとつ持っておくべきだ」。私は異を唱えなかった。

二〇〇四年にロバート・ジョンはある注目に値するインタビューのなかで、生涯にわたる数学とゲーム理論の研究についてだけでなく、家族についても、三〇人近くいる子や孫たちと（鍋をいくつも携《たずさ》えた適法《コーシャー》の料理人もいっしょに）スキーや登山に行く様子や、自分にとっての安息日の重要性を語っている。

「安息日のしきたりはこのうえなく美しく、信仰心なくしては成り立ちません。それは世の中をよくするかどうかの問題ではなく、自分自身の生活の質を高める話なのです」

二〇〇五年一二月、ロバート・ジョンは五〇年にわたる経済学の基礎的研究でノーベル賞を受賞している。しかしノーベル委員会にとって、彼は多少面倒なゲストだった。というのも、ストックホルムに大勢の孫や曾孫《ひまご》も含めた家族を引き連れていき、その全員がユダヤ教の掟にしたがった特別な皿、道具、食べ物、さらには聖書で禁じられている羊毛と亜麻糸を混ぜて織ったものでない、特殊な正装を必要としたのだ。

その同じ月、私の片目に癌が見つかり、翌月、治療のために入院しているとき、ロバート・ジョンが見舞いに来た。ノーベル賞とストックホルムでの授賞式についておもしろい話をたくさんしてくれたが、もし土曜にストックホルムまで行くよう強制されていたら、受賞を拒否していただろうと力説していた。彼の安息日への献身、その絶対的な平安と俗事からの隔離に対するこだわりは、ノーベル賞にさえ勝《まさ》っていたのだろう。

一九五五年、二二歳のとき、私は数カ月間イスラエルに行ってキブツで働き、その生活を楽しんだが、二度と行くまいと決意した。イスラエルに移住したいとこは大勢いたが、中東の政治問題が不安だったし、宗教を中心とする社会で自分は場ちがいの存在になるのではないかと思ったのだ。しかし二〇一四年春、いとこのマージョリー――私の母の弟子で九八歳まで医学界で働いていた医師――が死に瀕していることを聞いて、私は別れを言うためにエルサレムにいる彼女に電話をかけた。彼女の声は予想外に力強く朗々《ろうろう》としていて、口調が母ととてもよく似ていた。「いま死ぬつもりはないのよ」と彼女は言った。「六月一八日に一〇〇歳の誕生会をするの。あなたも来る？」

「もちろん！」と私は言った。そして電話を切ってから、自分がほぼ六〇年来の決意を一瞬にして覆《くつがえ》したことに気づいた。

それは純粋に家族を訪ねる旅だった。マージョリーの一〇〇歳の誕生日を、彼女と彼女の親戚たちとともに祝った。ロンドン時代に仲のよかった二人のいとこ、数えきれないほどのまたいとこやいとこの子、そしてもちろんロバート・ジョンにも会った。そんなふうに家族から受け入れられていると感じたのは、子ども時代以来のことだった。

恋人のビリーとともに正統派ユダヤ教徒の家族を訪問することには、少し不安があった――母の言葉がいまだに心のなかでこだましていた――が、ビリーも温かく迎えられた。正統派ユダヤ教徒のあいだにも、どれだけ大きな考え方の変化が起きたかを教えてくれたのはロバート・ジョンだった。家族との安息日の最初の食事に、ビリーと私を招いてくれたのである。

安息日の安らぎ、動きの止まった世界の平安、時間を超えた時間は、はっきり知覚でき、すべてに染み込んでいて、ふと気づけば私は郷愁にも似た物思いにふけり、もしものことをいろいろ考えていた。もしAとBとCがちがっていたら？　私はどんな種類の人間になっていたのだろう？　どんな種類の人生を送っていたのだろう？

二〇一四年一二月、回想録『道程』を書き終えて原稿を出版社に届けたが、そのときには、九年前にわずらった眼内メラノーマからの癌の転移を数日後に知らされるとは、夢にも思っていなかった。そのことを知らずに回想録を仕上げられてよかったと思うし、生まれて初めて、自分の性的指向についてすべて率直に公表し、心のうちに秘密を抱える後ろめたさなしに、世間と堂々と向き合えたことをうれしく思っている。

今年二月、私は自分の癌についても、そして死に直面していることも、同じように公《おおやけ》にするべきだと思った。実際、そのことについてのエッセイ「わが人生」が《ニューヨーク・タイムズ》に掲載されたとき、私は入院していた。七月に同紙のために書いた別の一篇「私の周期表《テーブル》」では、物質界や私の大好きな元素が、それぞれ生き生きと息づいている。

そして癌のせいで弱り、息が切れ、かつてがっちりしていた筋肉も消え失せたいま、考えることが多くなっているのは、神の力や宗教についてではなく、充実した有意義な人生を送ること、そして自分自身の内に安らぎを感じることの意味についてである。ふと気づくと、いつの間にか安息日について考えている。それは休息の日であり、週の七日めだが、おそらく人生の七日めでもあり、仕事をやり遂げたと感じて、安らかな気持で休むことができる日である。

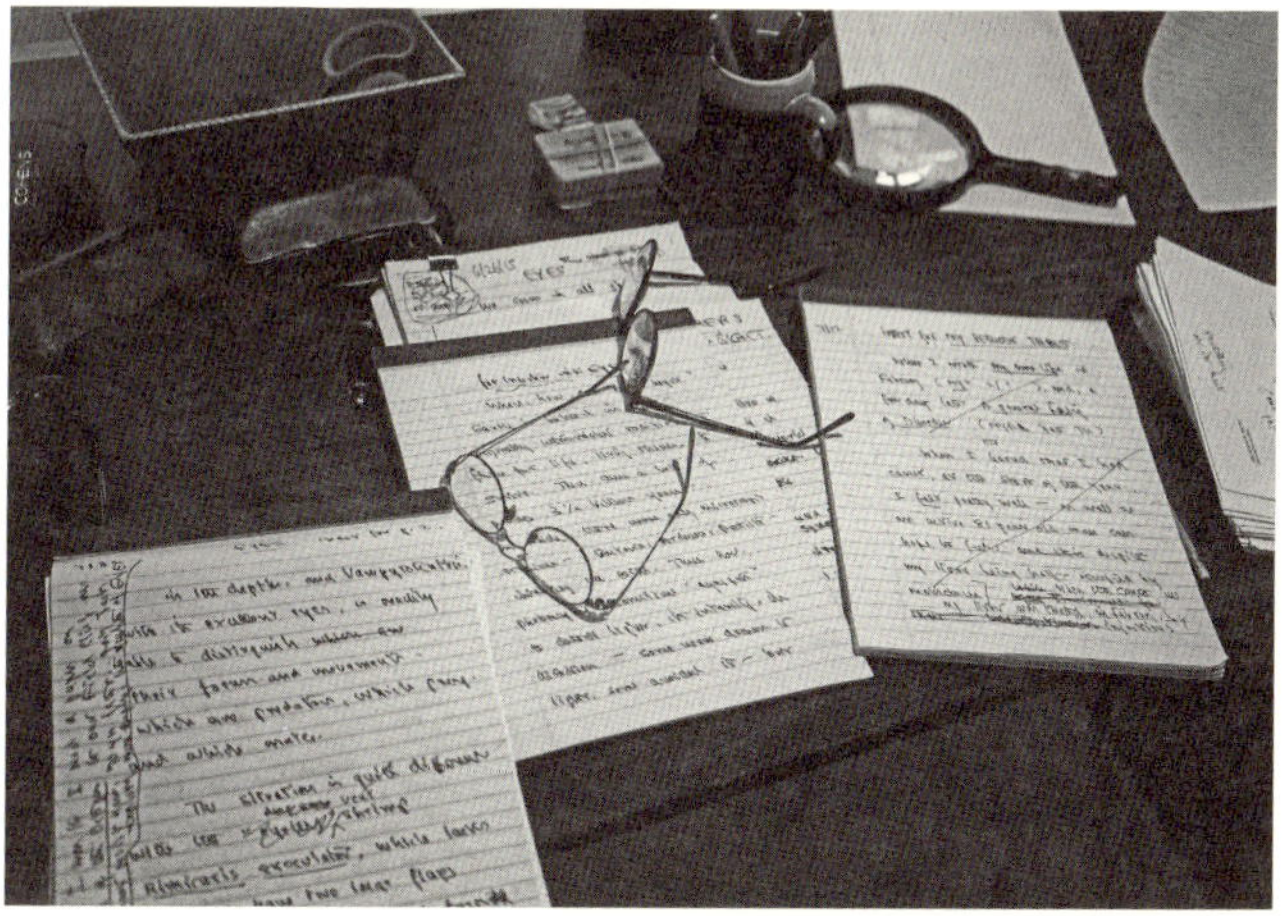

ALL PHOTOGRAPHS BY BILL HAYES

www.billhayes.com

◎著者について

オリヴァー・サックスは1933年にロンドンで生まれ、オックスフォード大学クイーンズ・カレッジで学んだ。サンフランシスコのマウント・ザイオン病院とUCLAで医学研修を終えたあと、ニューヨークに移り、そこでほどなく出会った患者たちのことを、著書『レナードの朝』に書いている。

サックス医師はほぼ50年間、神経科医として働き、『妻を帽子とまちがえた男』、『音楽嗜好症《ミュージコフィリア》』、『見てしまう人びと』など、自分の患者の奇妙な神経学的苦境および疾患について、多くの本を書いた。《ニューヨーク・タイムズ》は彼のことを「医学界の桂冠詩人」と呼び、彼は長年のあいだに、グッゲンハイム財団、全米科学財団、アメリカ文学芸術アカデミー、英国内科医師会などから、さまざまな賞を受賞している。回想録『道程—オリヴァー・サックス自伝—』は彼の死（2015年8月30日）の直前に出版された。

さらに詳しいことについては、www.oliversacks.com で。

◎著作一覧

『サックス博士の片頭痛大全』（*Migraine*, 1970）春日井晶子・

大庭紀雄訳、ハヤカワ・ノンフィクション文庫
『レナードの朝〔新版〕』（*Awakenings*, 1973）春日井晶子訳、ハヤカワ・ノンフィクション文庫
『左足をとりもどすまで』（*A Leg to Stand On*, 1984）金沢泰子訳、晶文社
『妻を帽子とまちがえた男』（*The Man Who Mistook His Wife for a Hat*, 1985）高見幸郎・金沢泰子訳、ハヤカワ・ノンフィクション文庫
『手話の世界へ』（*Seeing Voices: A Journey Into the World of the Deaf*, 1989）佐野正信訳、晶文社
『火星の人類学者――脳神経科医と７人の奇妙な患者』（*An Anthropologist on Mars: Seven Paradoxical Tales*, 1995）吉田利子訳、ハヤカワ・ノンフィクション文庫
『色のない島へ――脳神経科医のミクロネシア探訪記』（*The Island of the Colorblind*, 1997）大庭紀雄監訳・春日井晶子訳、ハヤカワ・ノンフィクション文庫
『タングステンおじさん――化学と過ごした私の少年時代』（*Uncle Tungsten: Memories of a Chemical Boyhood*, 2001）斉藤隆央訳、ハヤカワ・ノンフィクション文庫
『オアハカ日誌――メキシコに広がるシダの楽園』（*Oaxaca Journal*, 2002）林雅代訳、早川書房
『音楽嗜好症《ミュージコフィリア》――脳神経科医と音楽に憑かれた人々』（*Musicophilia: Tales of Music and the Brain*, 2007）大田直子訳、ハヤカ

ワ・ノンフィクション文庫
『心の視力——脳神経科医と失われた知覚の世界』（*The Mind's Eye*, 2010）大田直子訳、早川書房
『見てしまう人びと——幻覚の脳科学』（*Hallucinations*, 2012）大田直子訳、早川書房
『道程—オリヴァー・サックス自伝—』（*On the Move: A Life*, 2015）大田直子訳、早川書房
『サックス先生、最後の言葉』（*Gratitude*, 2015）大田直子訳、早川書房

サックス先生《せんせい》、最後《さいご》の言葉《ことば》
2016年8月20日　初版印刷
2016年8月25日　初版発行
＊
著　者　オリヴァー・サックス
訳　者　大《おお》田《た》直《なお》子《こ》
発行者　早　川　浩
＊
印刷所　株式会社精興社
製本所　大口製本印刷株式会社
＊
発行所　株式会社　早川書房
東京都千代田区神田多町2－2
電話　03-3252-3111（大代表）
振替　00160-3-47799
http://www.hayakawa-online.co.jp
定価はカバーに表示してあります
ISBN978-4-15-209631-9　C0098
Printed and bound in Japan
乱丁・落丁本は小社制作部宛お送り下さい。
送料小社負担にてお取りかえいたします。

ハヤカワ・ノンフィクション

道程
—オリヴァー・サックス自伝—

On the Move
オリヴァー・サックス
大田直子訳
46判上製

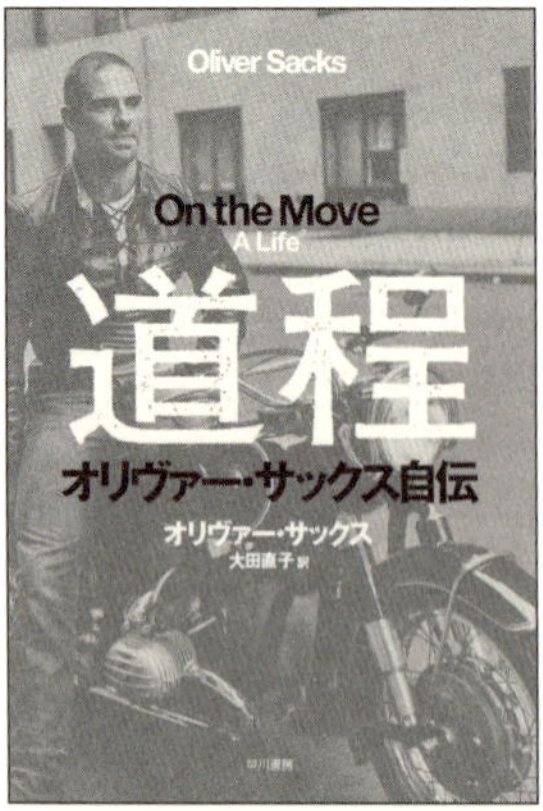

類いまれな観察者が遺した
自らの「観察記録」

先ごろ惜しまれつつがんで亡くなった、脳と患者の不思議に魅せられた著者が、オートバイに夢中の奔放な青年時代から、医師として自立する際の懊悩、世界中で読まれた著作の知られざるエピソード、書くことの何物にも代えがたい素晴らしさを綴った、生前最後の著作となった自伝。